겨울이 지나고 봄 여름 가을

너를 베껴 쓰다 보니
시가 되었어

겨울이 지나고 봄 여름 가을

너를 베껴 쓰다 보니
시가 되었어

박서현 지음

바른북스

나에겐 양극성 장애가 있어요

그 병은

짧은 몇 개월 동안 삶의 행복감을

너무 과하게 느끼다가

그 행복감이 떨어지면

나도 따라 실낙원으로 떨어져

몇 년 동안 어둠 속에 침잠해

영겁 같은 시간을 죽음에 저항하며

우울하게 삶을 견뎌야 하는

완치할 수 없이 평생

약을 먹어야 하는 그런 병이에요

2, 3개월 조증이 지나면

2, 3년의 혹독한 우울증이

이 윤회의 고리가 12년간 반복되면서

점점 생과 사의 경계가 얄팍해지고

나는 인간으로서 실격이야

라는 자괴감으로 몸부림칠 때

그때

영원히 끝나지 않을 것 같던

겨울 앞에 서 있는 내게 다가와

다시 시를 쓰게 만들어 준
그런 인연이 나타났어요

마음속에 응어리졌던 것을 시로 쓰기 전에
많이 읽어야 했고
그 읽은 양보다 더 많은 생각의 고리들을 엮어서
어슴푸레 깨닫는 느낌을 활자로 남겨야 했기에
사람들과 나 사이에 벽을 세우고
고독이란 시간 속에 자처해 들어간
그런 나에게
당신은 너무 쉽게 벽을 허물고
꽃을 꺾어다가 내게 건넸죠
그래서

다시 봄을 쥐여 준 나의
시절인연

정재석 님께

고마움을 담아
이 책을 바칩니다

● 목차　　|서문|

1장

**인생이란
계절의 시작은
겨울이라
말하고 싶다**

설화(雪花) ················· 12

내 이바구 좀 들어주소 ··········· 13

단테에게 ················· 15

겨울 산책 ················· 18

묵야(墨夜) ················· 19

자궁 밖으로 ················· 20

Question ; 늘 묻고 있잖아 ·········· 21

사의 찬미 ················· 24

파랑새 ················· 26

너의 피에선 히아신스 향기가 나 ····· 28

Answer ; Get back at ············ 30

인연 ················· 33

반나절 기행시 ; 범어사 ·········· 34

Wish ················· 37

고백 ················· 38

2장

봄아,
너의 환생을
기다렸단다

봄이야 ································· 42

봄은 ································· 43

8일차 ································· 44

탈피 ································· 45

고귀화(高貴花) ································· 47

환생 ································· 48

반나절 기행시 ; 해동용궁사 ············ 50

쇼펜하우어의 계절 ················· 52

바다뱀자리 ································· 53

초파일 ································· 55

춘곤증 ································· 56

꽃의 왈츠 ································· 57

저마다의 꽃으로 ················· 58

전쟁 속에 피는 아이들에게 ············ 59

당부 ································· 60

3장

**여름은
붉은
부처님**

고흐의 해바라기 ·············· 64

붉은 선인장 ·················· 66

고독과 나 ··················· 67

어린왕자 ···················· 69

꽃가시 ····················· 71

가시연꽃 ···················· 72

장마철 ····················· 74

쿠쿠르 푸자 ················· 75

최숙희 ····················· 79

고아 ······················ 81

반나절 기행시 ; 통도사 ········ 83

불면증 ····················· 86

변신 ······················ 88

해운대 카프카 ··············· 89

갈매기의 꿈 ················· 90

4장

**해운대
밤바다에
가을이
밀려왔다**

그 여자는 어디에서 왔을까? ········ 94

운문사에 발을 디디면 ············· 95

갈대 위의 여자 ················· 97

해운대 밤바다에 가을이 밀려왔다 ··· 98

가을 편지 ···················· 99

택배상자 ···················· 100

추석 ······················· 102

덕담 ······················· 103

가을 수채화 ·················· 105

문학의 밤 ···················· 107

Melancolie ·················· 108

센티메탈 사리암 ··············· 110

시절인연 ···················· 112

가을걷이 ···················· 113

미완성의 미학 ················· 115

1장

인생이란 계절의 시작은
겨울이라 말하고 싶다

설화(雪花)

겨울바람 너무 차가워
꽃바람 일렁이는 노란 봄 속
제일 먼저 피어나는 매화였으면
부처님께 다음 생을 염원하지만
어느 계절에 피는 어떤 꽃일까
사색할 겨를도 없이
앙상한 나뭇가지에 내려앉아 버렸네

눈꽃이 되기 전엔 분명
바람에 흩날리는 꽃씨였기에
투명하게 먼 땅 바라보며
중력 없이 휘오오오 날아다녔지
나는 과연 누군가의 손에 잡혀
삶이라는 땅에 발을 디딜까,
내 삶의 씨앗은 누구의 땅에 뿌려질까
행복한 상상은 찰나
너무나도 성급히 나뭇가지를 만나버렸네

너를 베껴 쓰다 보니 시가 되었어

내 이바구 좀 들어주소

해운대를 나가볼까
아예 부산을 떠나볼까
뚜벅이는 서러울까
지하철을 타고 부산역으로

옛 추억에 사로잡혀 혹시나
떠나간 임이 나를 찾을까
뒤돌아보다 다시 뚜벅뚜벅
어느새 내 눈 앞에 펼쳐진 이바구길

절벽에 박힌 168계단
모노레일 타고 올라
작년에 밀어 넣은 연서 떠올리며
유치환의 빨간 우체통까지

시인의 방에서 바라본
영주동 산복도로에 노을이 걸리고
어둡기 무섭게 별 하나 별 둘 내려와
집집마다 불 밝히는 밤이 찾아와

저 멀리 부산항대교에 박히는 별들을 바라보며
내가 떠나버리면
이 바다 더 이상 볼 수 없겠지
미련이 뚝뚝 서정적인 눈송이와 함께 내리고

너를 베껴 쓰다 보니 시가 되었어

단테에게

나의 편지를 너에게
건네 줘야 할까
말아야 할까

너의 말대로 "보고 싶다"를
네게 뱉고 나면
또다시 내가
흔들리는 배 위에 올라설 테고

"다시 만날 수 없을까"를
내게 뱉고 나면
우린 둘 다
구멍 난 배 위에 서 있을 테니

사실은 내가 더
보고 싶다
다시 만날 수 없을까
하는 뭉클한 마음을

너에게 건네야 할까
말아야 할까

쓰지도 않은 편지에
나 홀로 너를
애달프게도 기다리고 있는 어느 밤

*

나는 겨울
지옥으로 흐르는 삼도천마저 얼어 버리는
슬픈 계절
봄의 소생을 위해 모든 것을
소멸하는 계절

단테가 헤매던 어두운 숲
카센티노의 별도 뜨지 않는
밤
고뇌의 골짜기 속 영원히 녹지 않는
빙주(氷柱)
뮤즈가 버렸기에 요절하지 못하는
시인

너를 베껴 쓰다 보니 시가 되었어

단테에게
왜 당신은 그토록 사랑하던 사람을 구하지 않나요?

아무리 애원해도 결국은 애달픈 짝사랑
오지 않을 것 같은 봄을 기다리는 나는
겨울

＊

어느 시인의 속삭임처럼
시를 쓰는 것이 죄가 되는 세상에 태어나
계속 시를
써야 할까
말아야 할까
단테에게

나는 정녕 그대의 베아트리체가 될 수 없나요?

아직도 너에게 편지를 쓸까 말까
텅 빈 편지지에
달랑
단테에게뿐

겨울 산책

을씨년스러운 겨울 백사장
강아지들도 발 디디기 주춤거려
발길 돌린 동백섬에는
쓸쓸한 겨울이 아닌 척
지천에 동백꽃이 흐드러졌다

지아비 바다에 묻고
애타는 사랑만큼 붉디붉은
동백꽃 한 송이로 다시 태어난
그 이녁의 슬픈 전설을 알고도
최치원은 동백섬 바위에다
해운대란 세 글자를 음각(陰刻)했을까

여름 내내 빛에 삭아가던
수많은 묵객(墨客)들의 시화를 걷어 낸
고독해진 해파랑길 해운정에는
그런 연유 알지 못하고 그저
사랑하는 연인들의 뜨거운 눈 속에
붉은 불꽃이 튀었다

너를 베껴 쓰다 보니 시가 되었어

묵야(墨夜)

모두 잠든 깊은 밤
삵과 같이 밤에 피는 삶
불면의 고리에
삶이란 무엇인가 생각하는 밤
아
삶이란 노동의 품삯은 과연 얼마인가,
그 삯은 또 어찌 치르나
밤새 골똘히 침묵하며
나 혼자 소크라테스가 된다

자궁 밖으로

고달픈 여자의 생은 언제쯤 마감할 수 있을까?

자기만의 방을 가지고도 버지니아 울프는

슬프게도 시린 강 속에서 생을 마감하였거늘

불혹이 넘어서도 여자는 결국 여자일 뿐

여자의 심장은 자궁에서 잉태되노라

더욱더 생생하게 외쳐 오는 온몸의 떨림, 그 전율

귓가에 전해지는 생명 잉태의 그 절실한 긴박함을

눈을 가리고 귀를 막으며 방 안에 스스로 갇힌 채

감옥 같은 자궁을 탈출하려 울부짖는 밤

살려달라 절규하며 창밖으로 발을 뻗어 보지만

아스라이 발가락 끝으로 전해지는 허공의 차가움

아

어느새 여기는

회색 슬픔으로 가득 찬 도시의 빌딩 옥상

나의 자궁은

무엇이 잉태되어가는 과정이기에

이리도 큰 태동에 밤잠을 설치는가?

Question ; 늘 묻고 있잖아

팔만사천구십육글자
수천가지생각
삼백육십오일

부유하는 내 창작물들이
활자화되는 순간

그

무수한 시간들의 고통은 과연
누가 보상해 주지?

고착화된 내 지난날들의 각인은
또
누가 들여다볼 것인가?

✳

기쁘지도

화나지도
슬프지도 않은 상태에서
병원을 찾았다
그 사이 처방된 약은
또
바뀌었다

늘
오블라토 없는 색색의 알약
나에게 보다 더
이기적이고
현실적인
그런 인간이 되어야 살 수 있다고 한다

To be or not to be
그래서 늘
묻고 있잖아
도대체 나보고 어쩌라고

정말로 어쩌라고

＊

기어이 동이 트고 말았다
나는 영화의 거리 방둑에 기어올라
눈을 뜨고서 꿈을 좇는다
발끝은 살포시 중력을 거스르며
휘청휘청 허공을 가른다

핵심치료제 아빌리파이
추가된 억제제 쿠에타핀
세코날이 사라진 시대의 졸피뎀
혈관을 타고 부유하는 그것들은
심장 대신 내 귓가에 아우성친다

두근 두근 두근

모든 것이 멈춘 듯
영원과도 같던 그 순간의 찰나
뮤즈가 물었다
To be or not to be

죽음을 넘은 또 하루가 찾아왔음에
나는 감사해야 하는 걸까
졸피뎀을 한 알 더
삼켜야 하는 걸까

사의 찬미

스물일곱의 나는
새파랗게 날이 선 칼끝 위에
맨발로 서 있어요

돈에 욕심을 부리니 돈이라는 것이 흩어지고
사랑을 손에 쥐고 싶으니
그 사랑이란 것이 내 손끝을 베고 달아났어요

결과는 항상
비난의 바람 소리와
심장에 새겨진 비수 비(ヒ)로 후벼져
구멍이 숭숭, 휘오오 휘파람 소리가 났어요

내 심장을 내 살을 내 피와 땀을 가져간 이들은
내가 아무 바람 없이 베풀었기에
각자의 삶으로 아무렇지 않게 돌아가 버렸어요
나의 몸에 숭숭 난 구멍, 바람 소리를 듣지 못해요

칼

끝에 베일까 너무 겁이 나요
고개를 떨구다 발에서 피가 흐르면
나는 어쩌죠?
아득히 무서워 칼 밑으로 내려올 엄두조차 나지 않는걸요

내가 버렸던 오만가지 상념과 욕심들을
손에 꽉 쥐었던 모든 욕심을
얼마나 더 떠나보내야
이 칼 밑으로 내려갈 수 있나요?

내 맨발의 상처는 언제
탄탄하게 굳은살이 베겨 아물고
새빨간 에나멜 구두를 신고 춤을 출 수 있을까요?

아름다운 구두는 분명
나를
아름다운 곳으로 인도해 줄 것인데 말이죠

파랑새

나는 오늘 새가 되어 날아갔다
이 넓은 대지 위에
인간으로서 디딜 땅이 없어
무겁고 벅차고 좁은 이 땅 위에 말고
편하게 내 몸 누일 곳을 찾아 그냥
인간이길 거부한 채 새가 되어 날아갔다

인간 실존의 외로움을 벗어던지고
알몸에 파란 깃털을 주섬주섬 기워 입은 채
가벼운 마음으로 훨훨 날아가기만 하였으면
고된 날갯짓에 겨드랑이 찢어져 피가 고여도
핏방울은 바람에 흩날려 허공으로 사라질 뿐
아파도 아프지 않은 자유로운 새가 되어 날아갔다

첨탑보다 높은 빌딩 사이를 곡예 하듯 날아다니다
유리 벽에 이 몸 부딪혀 떨어져도
차가운 아스팔트 바닥 자동차 바퀴가 내 몸 위로 지나가도
어차피 이 작은 새의 몸은
흙으로 바람으로 흩어져 돌아가면 그뿐이라

너를 베껴 쓰다 보니 시가 되었어

인간이기보다 작은 파란 새가 되어 날아갔다

짧은 생을 선택한 나는
아주 작고 예쁜 파랑 지빠귀
코발트블루색 작은 새가 되어 날아다닌다,
내 몸이 산산이 부서지는 순간
내 피는 루비처럼 붉을 테니
아무 걱정 없이 파란 새가 되어 날아갔다

너의 피에선 히아신스 향기가 나

그리워
그리워
메아리친 밤

외로워
외로워
부메랑이 된 새벽

절박한 고독 앞에 무너지는 나
혼이 되어 너를
핥을까

너의 붉은 피에선
달콤하게 유혹하는 히아신스
향기가 나

＊

아름다운 소년 히아킨토스의 허무한 죽음이 안타까워 태

너를 베껴 쓰다 보니 시가 되었어

양신 아폴론은 그의 상처에서 흘러나온 피로 꽃을 피웠다지. 비애라는 꽃말처럼 짙은 푸른 빛 또는 보라색인, 히아신스는 분명 정맥에서 뿜어져 나온 피로 만들었을 거야. 세상의 모든 불순물을 품은 그 피에서는 아이러니하게도 너무 달콤한 꽃 향기가 났어. 그것은 슬픔을 품어 만든 아름다운 진주 향기와 같아, 잡히지 않는 것을 사랑이라 착각했던 무모한 내 젊음은 겨울에 피어 버린 히아신스를 닮아 서러운 운명. 과연. 얼음 으로 박제시킨 나의 비애에서는 어떤 치유의 향기가 날까?

Answer ; Get back at

때가 왔어

성은 한씨 이름은 외자 별

한별

나 혼자 오랫동안 겨울 앞에 얼어 있을 때

압도하는 너의 거대한 검은 그림자

밑에 목 졸린 한껏 부푼

내 붉은 얼굴

유리창을 깨고 흐르던 네 손의 피

와 같이 내 얼굴에 튀는 붉은 욕설들

급소를 향한 너의 칼날

앞에 얼어 있을 때

내 몸을 덮쳐 오는 너의 거대한

발기된 그림자

를 기억하는 나의 12년 전 일기장이

한 장 한 장 칼날이 되어 내 심장을 썰고

한 자 한 자 비수가 되어 내 흰자에 박혔던

공포를 이기지 못해 매일 밤마다 올랐던

너를 베껴 쓰다 보니 시가 되었어

건물 옥상에서 새까만 땅 밑을 바라보며 흐르던
내 영혼의 피 나의 눈물을 이젠

닦을 때가 왔어

너는 나를 기억하지도 못할 만큼
시간이 흘렀지만 나는 계속
영원과도 같던 겨울에 침잠해 너와 같이
네 목을 조르고 피를 튀기며 욕을 하고 싶지만
너에게는 비루하게 약한
나는 여자라
얼어 버린 심장을 눈물로 탁마하며
너에게 복수하고 싶어 꾸역꾸역 눌러 쓴
기억하고 싶지 않은 그날의 일기를 이젠

덮어 버릴 때가 왔어

우아하게
아름다운 글 속에서
한별
너만이 추악하게 결박되도록
압도하는 거대한 검은 그림자

를 묵시록에 옮기기 위해
뼈에 새겼던 나의 아픔을 나의 모멸을
내 잘못이 아님에도 느껴야 했던 회한을 지우기 위해
죽음을 견뎌 낸 나를 치유할 그런

시집을 낼 때가 왔어

인연

툭. 툭. 툭.
붉은 실이 끊어졌어요
내 새끼손가락엔 짧은 붉은 실이
초라하게 달랑거려요

소중하게 떨어진 실들을 주워 모아요
아직 이을 수 있는 긴 것들은
또다시 떨어지면 안 되니까
정성스레 매듭을 이어 가고

더 이상 붙일 수 없는 것들은
한 올 한 올 주워다가
고마웠어
하고 미소 짓고는

뒷마당에 묻어 줘요
눈물이 핑
한없이 해맑은 표정으로
나는 울지도 웃지도 못해요

반나절 기행시 ; 범어사

갑진년 신정을 쇠러 금정산으로 차를 몰았다
푸른 용의 해에 왜
가까운 기장 용궁사 들르지 않고
동쪽 기슭 범어사로 향하냐고 묻는다면
금빛 나는 물고기가 하늘에서 내려와
우물에서 놀았다는 금정산이 꼭
용의 전생 놀이터였을 것 같아서,
용으로 환생했건만 그 기시감(既視感) 잊지 못해
일출에 맞춰 절실한 바람 기도하는 인파 앞으로
섬광처럼 나타날 것 같아서라고 말하고 싶다

동트기 전 도착했건만
반반 나절도 안 되는 시간 정박할 땅이 없어
산꼭대기에서 다시 마을로 내려가는 헛헛함은 잠시,
새해 첫날부터 포기라는 단어 쓰고 싶지 않아
가파른 길 빠르게도 역행하던 중
선찰대본산(禪刹大本山) 적힌 일주문은 까마득한데
점점 어둠이 설 곳 없는 여명이 밝아와서
내 마음은 더 까맣게 타들어 갔다

＊

조급한 숨 몰아쉬느라
내 마음 깨끗하게 닦을 겨를도 없이
일주문을 지난 행위 올해의 업장(業障)이 될까 봐
천왕문 앞에 다다라서는 두 손 모아 염원했다

오른손에 칼을 들고
선한 사람에게는 상을, 악한 사람에게는 벌을 내리시는
동방지국천왕님께
오른손에 삼지창을, 왼손에 보탑 들고
큰 호통으로 온갖 나쁜 것 물리쳐 주시는
서방광목천왕님께
용과 여의주를 들고
만물이 소생하는 복을 베푸시는
남방증상천왕님께
비파 켜며 부처님 설법 노래하시는
북방다문천왕님께

이 어리석은 중생의 마음에 들어오시어
악한 모양새 모두
연꽃 등으로 밝혀 주소서…

둘이 아닌 하나의 진리를 깨닫게 하는 해탈문
불이문 지나간 나는
대웅전 보물 속으로 들어가
나무아미타불 관세음보살
부처님께 참배하고 밖으로 나와
산사 앞에 펼쳐진 멧부리 하나하나를 눈에 담는다

*

어느 곳에서 빛 한줄기 시작될까
설레는 마음으로 한참을 바라봤건만
일출 시간 넘어서도 보이지 않는 해님이 야속해
서운한 마음 감추고자 핑곗거리 찾았더니
아
해 뜨는 곳
끝없이 펼쳐진 산맥인 줄 알았는데
푸른 용이 몰고 온 구름 위였구나
그래서 그 모습 쉬이 보여 주지 않는구나
깨달음을 음미하자니 어느새
구름 사이를 붉게 물들이며
희망차게 해가 떴다

Wish

나는 오늘도
나의 신께 염원을 담아
옴 아라남 아라다

천의 손
천의 눈을 가진 나의 신께
관세음보살

앉아서 맞이하는
나의 깨끗한
죽음을 위해

Dear my god
I wish
Om mani banme hum

고백

겨울은
모든 죽음들의 무덤인 줄만 알고 살았는데
한 해의 끝에서 새로운 한 해의 시작이
태어나는 계절이란 당신의 한마디가
내 가슴속에 연꽃으로 싹을 틔우자
그제서야 봄보다 일찍이도 소생하는
꽃들이 보였다

겨울 햇살 살뜰히 모아 담아
동백꽃 새우풀 납매
시클라멘 덴드로비움 크리스마스 로즈
보석 대신 보내 주는 겨울 선물
꽃들이 피어 있었다

당신으로 하여 겨울이 비로소
아름다운 완성의 계절이 되었다

너를 베껴 쓰다 보니 시가 되었어

봄아, 너의 환생을
기다렸단다

봄이야

햇살이 톡톡톡
봄이야
하고 말을 걸었나
이름 모를 들꽃마저 화사하게 피었다

봄을 위해 겨울이 그리도 시렸나
나 혼자 겨울이 그리도 힘겨웠나 했더니
손톱만 한 이름 없는 꽃들도
겨우내 뿌리를 내리고 새싹을 틔우느라
얼마나 힘들었을까

나만 오롯이 힘든 겨울이 아니었다고
따사로운 봄이 찾아왔노라고
햇살이 톡톡톡
봄이야

너를 베껴 쓰다 보니 시가 되었어

봄은

투명하게 고였던 내 마음의 잔이
침전하는 운명 앞에 흐르지 못해
뿌옇게 탁해지다 진흙이 되었을 때

당신이 떼어 준 온기가 씨앗이 되어
진흙 속에서 연꽃으로 피어나 향기를 뿜고
잔 속의 찌꺼기를 맑게 정화시켰던

그 계절을 기억하나요?
당신을 만났던 계절이 바로
봄이었어요

8일 차

월요일에 나는 태어났다

화요일에 나는 무지했다

수요일에 나는 뛰어다녔다

목요일에 나는 깨달았다

금요일에 나는 오만했다

토요일에 나는 비통했다

일요일에 나는 비로소 무소유가 되었다,

그리고 다시

월요일에 나는 새롭게 태어났다

탈피

늙은 몸에 며칠을 굶었다
나는 비상이 아닌 그저 탈피를 꿈꾸는 독수리

그리하여 제일 높은 암벽으로 날아올라
그대로 수직낙하 할 수밖에
내 두꺼워진 부리가 한순간에 산산조각이 나버렸다

죽음을 택한 거냐고?
아니
나는 새 부리가 나오길 기다리며 또 며칠을 굶었다

새 부리가 나오자
그동안 무뎌진 발톱도 하나하나 뽑으며 배고픔을 달랬다
그 자리에 생겨날 날카롭고 단단한 나의 새 발톱을 상상하며
그 발톱으로 내 낡고 케케묵은 깃털들을 뽑아 내야지

현실의 비극은 나에게 무엇을 줄 수 있는가,
좌절인가 희망인가?
보름이 훌쩍 넘었다

고통스런 굶주림과 탈피과정을 참아 낸 나는
누구도 더 이상 늙고 병든 독수리라 수군대지 못한다
내 안의 비극을 불태우고 이전보다 가벼워진 나는
더 자유로운 새 삶으로 날아갈 뿐

다시 비상하는 독수리가 되었다

고귀화(高貴花)

뿌리 깊은 사색으로
땅만 보고 걷던 내게
지체 높게도 하얗게 빛나
내 고개를 들게 만드는

춘설인 줄 알았는데 너는
나무에 핀 연꽃
나무가 잎을 채 만들기도 전에
먼저 피어난 봄의 전령사

제일 먼저 피기에
남들 피어날 때 지고 마는
이루어질 수 없는 사랑 닮은
너는 백목련

환생

다음 생에 내가 나무가 되면
너는 내 옆에 기댄 연리지가 될 줄 알았다
생로병사 희로애락
번뇌는 잠시 묻어 두고
인간 윤회의 업을 끊은 듯
둘이서 하나 되어 오래오래
행복할 줄 알았다

영겁 같은 시간 끝에 뿌리내리고
보리수 되어 붉은 열매 익어 가도
너는 뿌리내리지 않는 대신
하루는 반딧불이 또 하루는 파랑 지빠귀
짧은 생만 선택하여 내 앞에 나타나더라
부처님께 기도드려 이 몸 벼락에 타 없어질 때까지
언제부턴가 너는 꽃으로만 태어나더라

우리 언제 다시 2천 겁의 세월을 보내고
부부의 연을 맺을까
구슬프게 떨어뜨린 나의 잎새가

너를 베껴 쓰다 보니 시가 되었어

어느 시인의 붓끝에 떨어져
애잔한 그리움을 노래할 때에도
너는 내 앞에 노랗게도 해맑게
유채꽃으로 와 있더라

반나절 기행시 ; 해동용궁사

벚꽃으로 날아온 봄아
너의 환생을 기다렸단다
너는 바람 따라 나를
어디로 흘려보내니?

눈처럼 흩날리는 너를 따라
12지신 석상들을 지나 용문석굴 지나면서
지금은 낮인가 밤인가
생후인가 사후인가
어느 철학자의 피를 받았기에
속세에서 깨닫지 못해 번뇌하는
수행자의 마음으로 108계단 내려갈까

그 마음 들켰는지 고개를 돌리자
일출암에 서 계신 지장보살님
후광에 동이 트자 황금으로 빛나시고
그 찬란한 광명에 넋을 잃을 새
마지막 꽃잎 하나 떨어뜨리는 너는
추운 계절에 세상을 등진 나의 아버지
그곳에선 춥지 말라고 기도드리던 내게

너를 베껴 쓰다 보니 시가 되었어

이곳은 따뜻하단다 전하는 아버지의 화답일까

찰박찰박 푸른 파도 소리
용문석교 건너면서 반염불과 만나
노래하듯 16나한들
신묘장구대다라니
아기부처님 벚꽃으로 씻겨드리고

승천하는 용상 옆 대웅전에 들어가
생에 소원 하나는 꼭 이뤄 주신다는
그 믿음으로 부처님께 기도드리고
오수를 즐기는 듯 편안하신 광명전와불에게서
세상에 없는 평안함을 한 조각 빌려
해 뜨는 곳 바라보는 해수관음 대불상의
초월한 미소 앞에 두 손 모으니

아

천하의 비경만 걸어 놓은 미술관이 따로 없네
이 극치의 아름다움은
여기 이곳은 극락세계인가
나는 생후인가 사후인가

물아일체 속 황홀함

쇼펜하우어의 계절

떨면서 고르지 않은 선을 그으며
흔들리고 회피하고 되돌아가며 우회하던 고통이
황소자리 따라 서쪽 하늘로 기울면
눈 위에 새겼던 고뇌의 흔적도 녹아

윤회하던 계절이 봄에 닿으면
사자자리 처녀자리 바다뱀자리
밤에는 별빛으로 낮에는 벚꽃비로
공허했던 내 마음에 흠뻑 뿌려지네

마야의 베일을 걷어도 결국 당신은
사랑할 수밖에 없는 나의 카르마
태어나기 전에 이미 있었고
죽은 후에도 존재할 나의 영원한 구원자

너를 베껴 쓰다 보니 시가 되었어

바다뱀자리

깊은 밤 나는 창밖을 올려다봐요
세상에 뿌려진 수억 개의 별
그대는 어디에 있나요?

내가 사는 별 고작
손바닥만큼 작은 고랑 속
그대를 찾을 수 없어요

악연도 정들면 인연이라
살다가 언젠가 한 번쯤은 만나겠지

우리의 사랑은
서로가 가까워질수록
서로에게 빨려 들어갈 수밖에 없는
그런 블랙홀 같은 사랑이 아니었나요?

수억 광년 떨어질 듯
나를 밀어내지 말아요,
나를 검은 별로 만들지 말아요

어차피 우리가 뿌려진 세상 안에서
우리의 사랑은
서로가 서로를 밀어내지 못하는
그런 블랙홀 위에 있으니

초파일

길 위에서 태어나
길을 걸어 사람들을 만나고
길 위에서 반열반하신
유행(遊行)의 삶이었던 부처님
다시 오신 날 부산에서는
삼광사가 룸비니였나 그곳에서
밤을 밀어내는 연등의 광해일(光海溢)
은하수 별들보다 더 반짝여
내 마음에 연꽃으로 쏟아지면
아기 부처님 다시
길 위에서 태어나
칠각지 닮은 일곱 걸음
걸어 사람들을 만나고, 그
길 위에서 나를 만나
룸비니 동산에 오르게 하시네

춘곤증

손톱에 봉숭아 물들이고
시간이 남아
시민공원 산책갈까
생각이 말로 툭 튀어나오니

병아리마냥 노랗게 콩콩콩
신나게 뛰는 치와와 두 마리
이를 어쩌나
나도 몰래 밀려오는 봄날의 오수

나 혼자 꿈결에 캡슐 기차 타고
송정으로 소풍 갔다가
일어나 보니 내 강아지들

시무룩 턱 괴고 앉아
창밖에 무지갯빛 비눗방울만
처량하게 바라보고 있네

너를 베껴 쓰다 보니 시가 되었어

꽃의 왈츠

일어나요 일어나요
봄이 왔어요

수양버들 새싹 간지러워 부르르 떨면
연둣빛 하프 선율 샤랄랄라
사춘기 개나리 노랗게 시샘하며
긴 가지로 바이올린 켜고
벚꽃잎이 우수수수 피아노 건반 두드리면
민들레가 풀피리 불며 훌씨 날리는

일어나요 일어나요
봄이 왔어요
겨우내 움츠렸던 몸 활짝 펴고
봄의 왈츠 박자에 몸을 맡겨요
쿵짝짝 쿵짝짝 춤을 추어요

저마다의 꽃으로

아이들은 자란다
피란 시절 감자같이
주렁주렁 달리지 않아도

집집마다 귀하게 얻은
한 알의 풋사과처럼

개나리보다 기쁘게
봄빛보다 싱그러이
아이들은 자란다

너를 베껴 쓰다 보니 시가 되었어

전쟁 속에 피는 아이들에게

파란 하늘을 올려다보렴
흙을 박차고 달려 보렴
뿌연 먼지 따위 아무것도 아니란다

푹
고개 숙이지 마
콩나물처럼 무럭무럭 자라나기만 하렴

언젠가 콘크리트 무너지고
총알이 빗발치는 태풍 소리
고요해질 거야

아이야
총 든 아버지 바라보지 말고
우물 속 물을 긷는 소녀와
사랑에 빠지렴

아이야
너희는 아직 한창
그럴 나이란다

당부

꼭
젖 먹던 힘 쥐어짜 내며
그렇게 열심히 살 필요 없어
나태한 하루하루 모아
여기 앉아 있는 시인이 되었단다

그냥
태어났을 뿐
존재의 이유를 묻느라 시간 낭비 마
신은 너에게 질문하지 않았는데
왜 답을 얻으려 아등바등

어차피 죽음이 문을 두드릴 때
후회 없는 삶이란 없을 테니
꼭 나를 위한 삶을 살며
그냥 소소한 하루에 감사하며

그렇게 살다 가면 그만이야
어디에서 와 어디로 가는지 몰라도

너를 베껴 쓰다 보니 시가 되었어

늘 유유히 흐르는 맑은 시냇물과 같이

그렇게 세월을 흘려보내도
그렇게 세월을 흘려보내지 않아도
삶은 늘 계속된단다

3장

여름은
붉은 부처님

고흐의 해바라기

열대야에 잠 못 이뤄
광안리 해변을 걷다 마주친
수변공원에 핀 해바라기들

다이아몬드 브릿지보다 더 빛나
월광을 밀어내고
태양 대신 노랗게 반짝여

어느새 이글거리는 아지랑이
몽마르트르 언덕 사이프러스 나무 아래
해바라기 너를 그리는 고흐가 떠올라

노천카페에 앉아 압생트 대신
목을 타고 흐르는 캔맥주
따라 시간도 흘러 광안대교 불 꺼지자
별이 빛나는 밤이
내 앞에 고흐와 함께 찾아왔다

고흐의 마음은 늘 여름의 해바라기

너를 베껴 쓰다 보니 시가 되었어

반감 없이 고통을 직시하는
열망의 해바라기라
작열하는 태양의 여름은
고흐의 계절

붉은 선인장

너는 붉은 선인장처럼
내 가슴에 다가와 활활 타올랐다
그 가시에 찔리지 말아야지
그렇게 다짐할수록 더욱더
너는 내 가슴에 파고들어
가시를 박았다

사랑이란 아마도
늘 온몸으로 가시를 받아 내
생채기가 나는 것
그럼에도 너를 꼭 껴안아
붉게 녹이는 과정
좀처럼 시들지 않는 붉은 선인장

너를 베껴 쓰다 보니 시가 되었어

고독과 나

수많은 인파 속에서 문득
외로웠다
방안에 혼자일 때보다 더
외로웠다
나는 고독이란 친구를 찾아갔다

아파요
마음이 시려요
외로움이란 큰 구멍이 나를 집어삼켜요
고독이 타일렀다

나와 함께하지 않을래?
비록 너는 사막의 수도승처럼 혼자여도
나와 함께라면 늘
넌 너만의 태양과 별들을 빛나게 할 거야
가장 친근한 존재가 꼭
인간만이 아니라는 것을 알게 될 거야
그리하여 언제 어디에서라도
너는 낯설지 않은 너 자신이 될 거야

나는 고독의 말대로 외로움을 힘겹게 밀어내며
그 구멍 안에 고독을 꾸역꾸역 채워 넣었다
곧
고독과 나는 하나가 되어
사막 위를 걷는 수도승처럼
고요히 밤하늘의 별들을 헤아리며
사색에 잠길 수 있었다

어린왕자

"제비야
오늘이면 꼭
소행성 B612로 떠난 지 1년
작년에 떨어진 곳 바로 위에
내 별이 뜰 테니
나를 태우고 조금만 날아가 다오"
부탁했었는데 제비는
북두칠성 가장 빛나는 곳으로 날아가다
감천이란 마을에 나를 뚝
떨어트렸네

사하라 사막에는 없던 습습한 열기
송골송골 맺힌 땀 닦으며
알록달록 벽화들 지나
위로 위로 올라갔더니
석양이 내 황금빛 머리칼 붉게 물들이고
부산 앞바다 바라보며 언덕에 앉자
사막여우 조용히 내 옆에 다가와
"곧 있으면 별들이 떠

별들은 아름다워
눈에 보이지 않는 한 송이 꽃 때문에"

어둠이 열기를 날리고
알록달록 건물들의 색깔을 훔치면
별 하나 별 둘 내려와
빼곡히 많은 집집마다 저마다의 별을 켜고
산토리니 닮은 이 언덕에도 은하수 흘러
내 별은 너무 작아서 보이지 않지만
내 꽃이 저기 어딘가에 있겠지
그리움 담아 하늘을 보면
"정말 중요한 건 눈에 보이지 않아"
하면서도 같이 밤하늘 바라봐 주는 사막여우

너를 베껴 쓰다 보니 시가 되었어

꽃가시

붉은 입술 크게 벌려

고혹적 향기 뿜어내도

아무렴

누구나 나를 꺾을 수는 없다

가시에 찔리는 아픔을 알고도

열렬히 다가오는 사랑만이

나를 붉은 외로움에서 해방시키리

홀로 지면 어쩌나

늘 잎새를 떨어도

꽃가시 세울 수밖에 없는

까다로운 허영심

나는 도도한 장미

가시연꽃

세상이란 주먹에 곤죽이 된 나는
어느 날 갑자기 깊은 늪에 몸을 박았다
깊이 깊이
어둠을 넘어선 어둠 앞에 몸을 웅크린 채 벌벌
떨어야만 했다
유난히도 긴 겨울의 시작이었다

찬란한 동백꽃이 되지 못한 나는
흠모하듯 앵두꽃을 흘겨보았다
한 해
두 해
또 한 해
나에게만 봄이 찾아오지 않는 듯이
그리움을 앵두꽃이라 불렀다

봄꽃이 피고 질 때에도 나는
선뜻 개화하지 못한 채 삐죽
화살촉 같은 뿌리를 겨우 내렸다
그래도 꽃으로 피고 졌으면

너를 베껴 쓰다 보니 시가 되었어

부처님께 한 해, 두 해 기도드리며

아홉 장의 창이 겨우 방패가 되어 나는
날카로운 가시로 몸을 덮은 채
그렇게 겨우겨우 꽃을 피웠다
그해
유난히도 작열하는 여름이었다

장마철

성낸 비도 오고
바람에 날려
이쁜 물방울도 내게 오는데

폐지 줍는 할머니는
장마철에 볼 수 없다
리어카 폐지 위에 앉은
치즈태비 고양이도

내가 보고 싶은 이들은
다들 나에게서
멀리 떨어져 있다

그립다

너를 베껴 쓰다 보니 시가 되었어

쿠쿠르 푸자

내가 아주 어릴 때
집 앞마당 무궁화 나무에
묶어 놓고 키우던 똥개가 있었어
저녁에 딱 한 끼 잔밥에 겨 먹이던
삼색 믹스견 졸리

초등학교 때 멀리 이사를 가게 되었는데
반지하 셋방살이라
졸리를 데려갈 수가 없대
대신 옆집 할머니가 키우며
진짜 진짜 진짜
예뻐해 주기로 약속하고
나는 졸리와 마지막 인사를 했어
엄마가 그러는데 이사한 그날 밤
졸리야 졸리야
내가 잠꼬대를 하더래

잊을 만하면 어쩌다 한 통씩 오는
옆집 할머니 전화에 나는 수화기 너머로

우리 졸리 잘 있어요?
졸리 좀 바꿔 주세요
하고 졸랐는데 그때마다 졸리는
마당에 날아다니는 나비 잡느라
정신없이 뛰어다니느라
내 전활 받을 수가 없대

중학생이 될 때까지 나는 가끔
졸리와 들판을 달리는 꿈을 꾸었어
그리고 그 무렵
진실을 알게 되었어
우리 가족이 떠나자마자 옆집 할머니는
졸리를 잡아다가
삶. 아. 먹. 어. 버. 렸. 대

삼복더위 계속되는 여름이 찾아오면
지켜 주지 못해 미안했던
졸리 생각이 종종 나
마음이 몽글몽글 뭉클뭉클해져

어른이 되어 앵무경(鸚鵡經)을 읽었는데
사람이 나쁘게 살다가 죽으면

너를 베껴 쓰다 보니 시가 되었어

닭, 개, 돼지, 승냥이, 당나귀로
또는 지옥에서 태어난대

졸리를 삶아 먹은 그 할머니는
어느 집 개로 태어나
복날에 바르르 떨고 있을까
싶다가도
강아지들은 죄가 없으니

다음 생엔 네팔에서
사랑받는 강아지로 태어나길 기도해
그곳에선 쿠쿠르 푸자라는 날이 있어,
그날은 모든 개들에게
금잔화 목걸이를 걸어 주고
개들의 축복을 위한 의식을 행한대

꿈에서라도 졸리야
네가 내 앞에 꼬리 흔들며 달려오면
쿠쿠르 푸자 날처럼
너에게 금잔화 목걸이 걸어 주고
살아서는 먹어 보지 못한
귀한 사료랑 개껌 잔뜩 주고 싶어

같이 푸른 들판을 뛰어놀고 싶어

그땐 내가 어려서
지켜 주지 못해 정말
미안해
그리고 아직도 너를
잊지 않고 있단다

나의 졸리
졸리야

너를 베껴 쓰다 보니 시가 되었어

최숙희

고아처럼 살다가
소나기 퍼붓던 여름에 만난 당신

젊어서 그렇게 고되게
시집살이 살았다더니
예순이 넘어서도
아이 같이 천진한 까만 눈동자
꺄르르 넘어가는 생기발랄함

돌아가신 어머니 얘기하다
나도 같이 눈시울 붉혔었죠
벼락 맞은 대추나무로 만든 108 염주
그때 우리 함께 나눠 쥐었죠

우린
부처님이 이어 주신 붉은 인연이었나
여름 내내 뜨겁게 데이트하다가
가을에는 쓸쓸해서 만나고
겨울에는 추워서 만나고

봄에는 설레서 만나다가
다시 여름이 왔네요

친구 엄마가 아니라
개떠 떠떠동갑 친구 같은
언제나 싱그러운 당신 이름은
최숙희
언제나 사랑해요 숙희 씨

고아

나는 6.25 전쟁에서 살아남았다
나는 시리아 내전에서 살아남았다
나는 미얀마 사태에서 살아남았다
그리고 지금
나는 아프리카에서 굶어 죽었다

내게 필요했던 건
엄마의 젖가슴
주린 배 속을 채워 줄 우물물
따가운 햇볕을 피할 나무숲
나를 바라보는 너의
따사롭고 사랑스런 눈빛뿐

지금 내게 필요한 것은
백신도
수프도
사랑도 아닌
총 한 자루뿐

총 한 자루로
나를 지킬 수 없다면
가족에게 필요한 약을 구하지 못한다면
전쟁이 끝나지 않는다면 결국
너를 쏠 수 있도록

내게 필요한 것은 오직
총 한 자루뿐

반나절 기행시 ; 통도사

장마철이 지나
드라이브하기 좋은 날씨
무작정 양산 영축산으로

울창한 숲속엔
매미들이 소리 높여
맴 맴 맴
시원한 계곡엔
자장암에서 내려온 금와보살이
개골 개골 개골
계곡물에 발 담근 아이들은
아이스크림 입에 물고
꺄르르 꺄르르

돌다리 건너 일주문으로
천왕문까지 이어지는 배롱나무들
붉디붉은 백일홍 빽빽하게 피워
온통 벌들의 극락세계

불이문 지나 대웅전까지
수많은 전각(殿閣)들
나름의 부처상 모시고
나름의 사연 담은 보살들
열렬하게 기도하는 모습
주변을 고요하게 지나가는
적멸한 스님들

불상은 없지만 대웅전 안에는
화려한 불단 앞에
우수수수 떨어지며 기도하는 인파
앞 유리 벽 너머 보이는
부처님의 사리 담은
금강계단 불사리탑

배롱나무 화사한 조그만 구룡지 연못
가로지르는 구름다리 아래에는
나쁜 용이 아홉 마리나 살았다던데
부처님 설법으로 날아가 보이지 않고
백일홍 떠다니듯 붉은 비단잉어들만
영원히 마르지 않는 샘물에서
유유자적 유희를 즐기네

속세로 내려가야 하건만
아쉬운 발길 명부전에 닿아
지장보살 님께 공양하고 삼배 올리며
추운 계절 돌아가신 아버지
이제 얼굴도 가물하지만
극락에서 수련으로 피게 해주소서
이 애달픈 기도 통할까
엷붉은 마음에도 수련이 피고

주차장 가는 길에 성보박물관 들러
몇백 년이 흘렀지만 아직도 붉디붉은
거대한 괘불탱화 마주하며 감탄사만
아
여름은
붉은 부처님 바라보기 좋은 계절

불면증

가로등 불빛에 낮인 줄 착각하고
맴맴맴 매애애앰
도시의 매미는 하필
우리 집 방충망에 붙어 비명 지른다

억울하다 억울하다
맴 맴 맴 맴
저도 시끄러운지 귀를 닫고 더 크게
억울하다 억울하다
맴 맴 맴 맴

지하 어둠 속
7년이란 긴 세월 끝에 지상에 올라와
해님 보며 반가워하다
자기 앞의 생이 고작
한 달도 안 된다는 걸 알고부터

억울하다 억울하다
맴맴맴 매애애애애앰

너를 베껴 쓰다 보니 시가 되었어

하필 숙면 위해 틀어 놓은
ASMR 속 청개구리
개굴 개굴 개굴

맴맴맴 개굴개굴개굴
아
이런 미친 콜라보
오늘도 잠은 텄다

내 맘 아는지 모르는지
땅바닥에 널브러져 배를 까고도
마지막 힘 쥐어짜며 절규하네
억울하다 나는 정말 억울…
매애 앰… 맴

변신

삶이란 언제나 예측불허
작열하는 태양 아래
짜릿하게 살맛 나다가
스멀스멀 어둠이 기어오면
나는 카프카로 변신해
벌레가 되어 죽어 간다

어서 보름달이 나를 불러 줬으면
조금은 더 살아 봐
하며 달빛이라도 나눠 줬으면

비 오는 도시의 밤은
달님이 보이지 않아 너무
쓸쓸하다

너를 베껴 쓰다 보니 시가 되었어

해운대 카프카

영화에서처럼
물결 넘치는 낭만
나는 차마 그 모래 밟을 수 없네
바람 타고 스치는 필름 한 조각
나는 손을 뻗어 잡을 수 없네

부유함이 넘치는 이 도시 안에
초라한 세간살이 감추며
나만의 방에 틀어박혀
사색에 젖어 들 수밖에 없는

언제나 보헤미안처럼 살고파
방 밖으로 고개만 살포시
내밀하게 절규하는 이 고통을
서로의 낭만에 젖어 든 사람들은
나의 쓸쓸함을 모르네

더 이상 여행자의 삶으로 녹아들고 싶지 않은
방 안의 나
해운대 수많은 모래알로도 살고 싶은 나
어쩌나, 둘 다 나인 것을

갈매기의 꿈

땅거미 내려앉은 해운대 백사장

가장 멀리 날지 않아도
가장 멀리 보지 않아도
소확행이란 합리화로
어린 피서객이 던져 주는
새우깡에 만족하는
조나단의 후예들

삶에 안주하지 않고
존재의 본성을 찾아
자유롭게 날아다니는
한때는 하찮은 갈매기도 품었을 꿈
왜 지금은 인간으로 태어나
꿈을 꾸지 않고 살아가는 걸까

다음 삶을 스스로 선택하지 못해
그 무게에 스스로 짓눌려 버린
소확행이란 합리화로

너를 베껴 쓰다 보니 시가 되었어

새우깡에 만족하는

여름의 열정이 사라진

조나단의 후예들

4장

해운대 밤바다에
가을이 밀려왔다

그 여자는 어디에서 왔을까?

어느 날 나는 옥상에서 뚝
떨어졌다
눈을 떠 보니
새파란 바람에 솔개의 날개 끝이 보였다
귀뚜라미 귀뚤귀뚤
풀벌레 소리가 사각
밟혔다

아
가을이구나

더도 말고 덜도 말고
다시 나의 집 옥상으로 날아오를 수만 있다면
완벽한 추락이 될 텐데
아야야
하필 발끝에 까슬리는 밤송이 속 붉은 알맹이가 셋
이 와중에도 까르르 웃음이 터지는 건
내 낭만적인 삶의 이유

아
가을이구나

너를 베껴 쓰다 보니 시가 되었어

운문사에 발을 디디면

아난다로 하여
여인 출가의 길이 열린 건
아주 오래된 이야기

내게 깃든 아집과
교만의 유혹들을 떨쳐 내고
수행자의 길 걷기를 다짐하며
내 삶에서 세 번이나 삭발했건만

삼천 배 기도드리며 어찌도 그리
눈물이 흐르던지
결국은 속세에 대한 미련이 남아
번뇌초는 하루하루 길어만 가고

내가 이루지 못한 길에
홀연히 서 있는 비구니 마주하다 보면
깨달은 자의 평온한 눈동자 앞에
한없이 부끄러워 저절로 고개를 떨구고

경외하는 마음 담아 합장을 한다

성불하십시오

너에게 또는 나에게

성불하십시오

갈대 위의 여자

어쩌다 갈대 위에 피어 버렸나
가을 찬바람에 아스라이
휘어지며 흔들리는 갈대 위에
나는 휘우듬 살고 싶지 않은데

언젠가는 내려갈 거야
휘청이는 갈대를 내려와
땅을 밟고 앞으로 걸어갈 거야
누구보다 곧고 아름답게 살아갈 거야

갈대 위에서 뿌리내릴 수는 없어
그것이 숙명인 듯
한 걸음씩 한 걸음씩
내 온 생을 바쳐 갈대를 내려갈 거야

해운대 밤바다에 가을이 밀려왔다

여름은
수많은 맹세와 로맨스로 가득 찼던
뜨거운 영혼들의 해변에서
나 또한 가슴속 불꽃을
그대의 눈동자에 틔우던
젊음이었다
그러한 여름이 꿈결처럼 떠나고

해운대 밤바다에 가을이 밀려왔다

가을은
뿌연 은하수만큼 번잡했던 연인들이
과거의 편린이 되어 사라질 때
나 홀로 고요히 응시해야만 보이는
그런 페가수스를 닮은
깊은 그리움이었다
그대와의 추억을 안고

해운대 밤바다에 가을이 밀려왔다

너를 베껴 쓰다 보니 시가 되었어

가을 편지

오월의 이곳을 기억하니?
너와 손을 잡고 걸었던
여름보다 일찍이도 달떴던
우리의 해운대 밤바다

시월의 이곳에
아직도 내가 서 있어
네가 없는 가을 하늘은 벌써부터 차가워
파란 저곳은
어디가 바다이고
어디가 하늘일까?

네가 가져간 내 마음의 온기는
이곳 말고 어디에 가 닿았을까?
그곳에 너는 나와 함께 있을까?
너에게 마음으로 이 가을을 보낸다

택배상자

이별 뒤 두 계절이 지나
너에게서 택배를 받았어
이제는 더 이상 나의 체취가
필요 없다는 듯이

푸시아빛 아코디언 스커트
인디고빛 실크블라우스
나폴리옐로빛 카디건을
차곡차곡 포개어 나에게 보내왔어

나의 것이기도 또는
너의 것이기도 했었던
내 표피 대신 남기고 간 허물들을
너는 내게 다시 전송했어

참 이상한 날이야
찬란했던 봄날의 그 컬러팔레트가
노을색 주름스커트
빛바랜 낡은 블라우스

너를 베껴 쓰다 보니 시가 되었어

떨어져 버린 은행잎 닮은 카디건으로
모서리가 뭉개진 상자 속에서 나오다니

가을날이라 그런가?
너의 떨어진 체온이 함께 실려 온 듯
온기 없는 택배상자 위로
한 방울 또 한 방울 추억이 떨어져
나를 한참이나 고요히
멈추게 했어

추석

색동저고리 추해지기 전
우수수 떨어지는 가을
수양딸 삼은 게 언제라고
벌써부터 설레서
어무이,
딸 꼭두새벽 일어나
어무이만 기다립니더
채비하고 얼른
우리 집 놀러 오이소
다들 도란도란 가족끼리
웃음꽃 피는 추석에
혼자 기거하는 우리끼리
우야든동 만나야지
아름다운 꽃내, 분내라도
사방에 퍼트리지예

퍼뜩 오이소 어무이

덕담

오랜만에 만나 어색하지만
가까워지고 싶은 마음 알아

돈은 좀 모아 놨어?
언제까지 그렇게 놀 거니?
애인 있니?
슬슬 결혼 생각해야지?

아… 아는데…
왜 관심의 표현이 저 모양이니?

지금 당장 여기서
탈출해야 해, 아주 적극적으로
달과 별을 떠올리며
지구 밖 삶에 대해 생각해야 해

화룡점정은
다 너 잘되라고 하는 말이야

내 앞에 앉은 당신은
저 멀리 안드로메다보다 더
멀리 있는 존재
탈출해야 해, 아주 적극적으로

가을 수채화

남포동역에서 내려
광복동 메이커 거리로
새 건물에 안착한 비엔씨 빵집
경사진 대청동 오르며
대목 지나 새로 걸린 옷들
구경하는 재미가 쏠쏠
국제시장 끝으로 올라가면 보이는
가을이면 늘 그리운 보수동 책방 골목

버스비 아끼려 몇 정거장 내리 걷던
내 고등학생 시절 떠올라
바람에 우수수수 떨어지던 노란 은행잎도
그땐 헌책 살 돈도 없어
책 냄새만 킁킁 맡았었지
그땐 그랬지
늘 돈이 모자랐었지

쓸쓸했던 추억들은 가을을 만나
구름 한 점 없는 하늘은 너무 파랗고

은행나무는 너무 노랗고
단풍나무는 또 너무 빨갛고
비현실적인 컬러팔레트가 꼭
여백 없이 풍성한 투명 수채화
예쁘게 다시 포장되는 가을의 추억

문학의 밤

가을은 니체가 태어나
완벽한 계절
나의 고독 속으로 들어가
서서히 무르익은 정신의 열매를
수확하는 계절

니체가 말하던
더 강렬한 고난
더 깊은 고독
더 완벽한 고통에
퍽 가까운 영혼의 계절

어지러운 사유가 책장을 덮고
나를 걷게 만드는 가을밤
보름달 아래 나는
니체의 철학 속으로 걸어 들어가
대답 없는 고독 앞에 우뚝 서 있다

Melancolie

잊고 지내던 푸른 서랍을 열었다
파랑새가 나올지도 몰라
설레며 서랍을 열자
서랍만큼 푸른 눈물이 모여 있었다

언제 적 눈물이었나
편린을 끼워 맞추며 반추하는 삶
아 그때구나
슬퍼서 흘린 눈물은 더 짜다고 했는데

자세히 들여다보니
제일 많은 눈물은
아버지 때문에 흘렸었구나
그때의 아버진 참 젊었었구나

눈물로 세상을 버티려 하지 마라
찰싹찰싹 때리던 회초리
그 형벌은 울음을 그칠 때까지
제일 많은 눈물은 다 그때였구나

너를 베껴 쓰다 보니 시가 되었어

추억이라 이름 붙인 눈물은 따로
엷은 보라색, 가을비 냄새가 나는데
서랍 안이 푸른 것은 그때 그
서러운 눈물들이 너무 많기 때문이구나

이것들을 쏟아 버려야 하나
조금은 더 간직해야 하나
고민하다 시간이 흘러
잊고 지내던 푸른 서랍을 다시 열었다

그 서랍 안에서
과거로 넘어간 슬픔은 추억으로 희석되고
뼈에 새길 것 같던 아픔은
소금이 되어 하얗게 침잠해 있었다

그렇게 아버지와의 추억은
엷은 보라색, 가을비 냄새가 났다

센티메탈 사리암

가을은 늦게 뜨는 별들이 너무 영롱해
페가수스자리 안드로메다자리 물고기자리
유난히 반짝이는 것이 마치 새것만 같아
하늘 한 번 올려다볼 엄두조차 나지 않는
팍팍한 현실 잠시 밀어내고
새벽 별을 바라보며 감성에 젖는
나름의 사치이자 유희의 시간

가파른 오솔길 지나
깎아지른 듯 절벽계단 오르며
샤라락 샤라락 청설모 나무 타는 소리
찌르르 찌르르 풀벌레 소리 들으며
들숨으로 청아한 공기 마시며 천천히
자기와의 싸움에서 타협해야 할 때쯤
별빛 끝자락에 반갑게 보이는 사리암

올라온 공이 아까워 사리굴 동굴 안
영험하다 소문난 나반존자께
정성스레 향 피우고 108배 하며

너를 베껴 쓰다 보니 시가 되었어

지나간 인연은 잘 살고 있겠지요
저에게도 이제 시절인연 내려 주소서
사심 가득 담아 절하다 보니
어느새 별은 지고 여명이 밝아 오네

어느새 나도 모르게 인연이 시작되고 있네

시절인연

사랑도 우정도
실패라 할 만큼 끝을 겪고 나서야
당신을 만났습니다
굳이 힘들이지 않아도 물 흐르듯
자연스레 내 곁에 와 닿은 당신은
아마 전생에 잃어버린 나의 한 조각일지도 몰라
풀잎 같은 인연을 꽃처럼 받들어 만나다가
이번 생도 그리움에 곁을 맴돌다
때가 무르익어 만나졌나 봅니다
전생도 현생도 내생도
늘 당신과 함께한 시절이 그리워
서로를 애달프게 찾아 헤매나 봅니다

여러 생에 걸친 당신과 나의 시절이
홍시처럼 아름답게
무르익어 가고 있습니다

너를 베껴 쓰다 보니 시가 되었어

가을걷이

달이 가득 찼다
밤나무고 감나무고 할 거 없이
열매는 다 익었다

찬 바람 깊은 하늘
고조된 고독
시인 같은 계절에 등단했었지

아무것도 없는 빈 잔을 채우려니
가을은 빨리도 지나가고
겨울 앞에 한없이 얼어 있었지
너무 긴 시간 동안
아무것도 쓰지 못했지

아무리 길어도 겨울은 가기 마련
겨울 지나고 봄 여름
다시 고추 널어 말리는
가을이 오기까지
사계절의 꽃들로 빈 잔 겨우 채우고

계절들아 고맙다,
너를 베껴 쓰다 보니 시가 되었어
공손한 감사 뒤에 갈무리할 시간

달이 가득 찼다
열매는 다 익었다
내 사색도 거의 끝나 간다

미완성의 미학

나의 바람은 말야
내 시들을 천천히
아주 천천히 읽어 주길
한 계절이 끝나고
다른 계절로 넘어갈 때
내 시도 같이 계절을 넘기길

겨울엔 여름 시부터 읽지 말고
꼭 겨울 시부터 읽어 가길
그래야 내 시에 담지 못한
부족한 계절들을
당신의 단상에서 꺼내어
보탤 수 있으니

겨울이 지나고 봄 여름 가을
가을 뒤에 다시
겨울 오는 것 알지만
조금은 모자란 듯 내 시는
당신의 단상을 보태기 위해
여기에서 끝내야지

겨울이 지나고 봄 여름 가을

너를 베껴 쓰다 보니
시가 되었어

초판 1쇄 발행 2024. 3. 5.

지은이 박서현
펴낸이 김병호
펴낸곳 주식회사 바른북스

편집진행 황금주
디자인 양헌경

등록 2019년 4월 3일 제2019-000040호
주소 서울시 성동구 연무장5길 9-16, 301호 (성수동2가, 블루스톤타워)
대표전화 070-7857-9719 | **경영지원** 02-3409-9719 | **팩스** 070-7610-9820

•바른북스는 여러분의 다양한 아이디어와 원고 투고를 설레는 마음으로 기다리고 있습니다.

이메일 barunbooks21@naver.com | **원고투고** barunbooks21@naver.com
홈페이지 www.barunbooks.com | **공식 블로그** blog.naver.com/barunbooks7
공식 포스트 post.naver.com/barunbooks7 | **페이스북** facebook.com/barunbooks7

ⓒ 박서현, 2024
ISBN 979-11-93879-15-3 03810